歌集 滑走路

萩原慎一郎

角川文庫
22330

目次

Ⅲ

歌集　滑走路

I

メモ帳

いろいろと書いてあるのだ　看護師のあなたの腕はメモ帳なのだ

プラトンの書

抑圧されたままでいるなよ　ぼくたちは三十一文字で鳥になるのだ

路上音楽家の叫び虚しく誰ひとり立ち止まることなく過ぎるのみ

挫折などしたくはないが挫折することはしばしば　東京をゆく

破滅するその前にさえ美はあるぞ　例えば太陽が沈むその前

ぼくにとってのあなたのごとく黄金に光る太陽夕空にあり

自由な空よ　自由ではないこの街でぼくはあなたを探しているよ

更新を続けろ、更新を　ぼくはまだあきらめきれぬ夢があるのだ

朝が来た　こんなぼくにもやってきた　太陽を眼に焼きつけながら

青春のいのちが果てる切なさよ　特攻隊の映像を観た

発言の撤回をする著名人　ソーシャルメディア全盛の世に

無意識のままに歩いて気がつけばいつものように会社の前に

気がつかぬうちに市と市の境界を自転車に乗り跨いでいるよ

家にいるだけではだめだ　ぼくたちは芭蕉のように旅人になれ

帰宅してからどの詩集読もうかと思いつつ漕ぐ自転車のペダル

プラトンは偉大で　ぼくは平凡だ　プラトンの書を読みつつ思う

滑走路

恋をすることになるのだ　この夏に出逢いたかったひとに出逢って

きみといる夏の時間は愛しくて仕事だということを忘れる

作業室にてふたりなり　仕事とは関係のない話がしたい

いつの日もきみの本心見えなくてジェットコースターの浮き沈みあり

辛口のカレーに舌は燃えながら恋するこころこういうものか

青空の下でミネラルウォーターの箱をひたすら積み上げている

毎日の雑務の果てに思うのは「もっと勉強すればよかった」

真夜中の暗い部屋からこころからきみはもう一度走り出せばいい

きみのため用意されたる滑走路きみは翼を手にすればいい

かならずや通りの多い通りにも渡れるときがやってくるのだ

ヘッドホンしているだけの人生で終わりたくない　何か変えたい

今日願い明日も願いあさっても願い未来は変わってゆくさ

文語にて書こうとぼくはしているが何故か口語になっているのだ

草をかき分けてゆくごと文章を書いてゆくのだ　乗り越えるため

占いの結果以上にぼくたちが信じるべきは自分自身だ

風景画

説明のできぬ感情抱きながら本を読みたり解読のため
手を伸ばし足を伸ばして転がれる真夜の孤独を何と呼ぼうか

日常の小さな達成集めては自信に変えてしまおう良夜

夕焼けをおつまみにして飲むビール一篇の詩となれこの孤独

まだ早い、まだ早いんだ　焦りたる心は言うことを聞かない犬だ

風景画抱えて眠るように　ああ　あの青空を忘れたくない

今日という日もまた栞　読みさしの人生という書物にすれば

光源

いつか手が触れると信じつつ　いつも眼が捉えたる光源のあり

あれでない、これでもないと彷徨える言葉探しの旅だ。歌作は

スパゲッティミートソースを混ぜに混ぜじんわり舌に感じるイタリア

生きるのに僕には僕のペースあり飴玉舌に転がしながら

紐引けば花咲くように電灯のともりて学びの時間になりぬ

もう少し待ってみようか曇天が過ぎ去ってゆく時を信じて

僕たちのソファー

地下鉄の窓に映れる僕の顔次第に東京人になりゆく

クロールのように未来へ手を伸ばせ闇が僕らを追い越す前に

遠景になっている恋二十代なのになあって夕陽に嘆く

冬の陽が照らす椅子ありそこに君おらねど君の面影探す

太陽を背に月前に自転車で宙ぶらりんの時刻を奔る

僕たちのソファーでありし草地にて還らぬ友を想い続ける

うしろ手に携帯電話抜くときにガンマンになった気がする僕は

新緑

あの角を曲がれば　そうさ　新緑に出逢えるはずと心躍れり

おそらくはコンビニエンスストアにも前身ありて今の形に

〈青空〉と発音するのが恥ずかしくなってきた二十三歳の僕

三十路には距離があるから春の日のために翼を見つけ出さねば

空だって泣きたいときもあるだろう葡萄のような大粒の雨

太陽のような光

太陽のような光に出逢いたく林檎をぱーんとふたつに割りぬ

パソコンの向こうにひとがいるんだとアイスクリーム食べて深呼吸

魂はそっと教室抜け出してもっと肝心な事探してた

君からのエールはつまり人生を走り続けるためのガソリン

海沿いの道。トンネルは青空の待っているその地点までなり

きらきら

マラソンで置いてきぼりにされしとき初めて僕は痛みを知った

歌一首湧いてくるなり柔らかい心の部位を刺激されつつ

真夜中に冷たい水を飲み干せりさっきまでは明日今ならば今日

レインボーブリッジ渡る真昼間の空のきらきら海のきらきら

君のそのクリームパンの誘惑に思わず僕は齧りたくなる

居場所

筍のように椅子から立ちあがる昔の僕のような少年

梨を食むときのシャキシャキ霜柱踏みゆくときのシャキシャキに似る

ノートには青春時代の悩み事ぎっしり詰まって柘榴のごとし

街風に吹かれて「僕の居場所などあるのかい？」って疑いたくなる

あのときのベストソングがベストスリーくらいになって二十四歳

停留所

消しゴムが丸くなるごと苦労してきっと優しくなってゆくのだ

石を積むトラック一台過ぎゆきて雨に濡れれば美しかろう

角砂糖みたいに職場に溶け込んできたり入社後二ヶ月経ちて

葡萄狩しているわれらこの手もて「過程」を知らず「成果」もぎ取る

停留所に止まってバスを降りるときここは月面なのかもしれず

おにぎりと緑茶

冷蔵庫「開いています」と言うからに「知っています」と扉閉じたり

ぼくよりも早く老いたる十四歳の愛犬ナナと散歩している

なぜだろう天使が煙草を吸っている　オセロの駒にある黒と白

思いつくたびに紙片に書きつける言葉よ羽化の直前であれ

提げている袋の中におにぎりと緑茶を入れてもうすぐ春だ

群衆

まだ結果だせず野にある自販機で買いたるコーラいまにみていろ

この街で今日もやりきれぬ感情を抱いているのはぼくだけじゃない

詩歌本やたらと置いてある増田書店の増田さんに会いたし

鳩よ、公園のベンチに座りたるこの俺に何かくれというのか

三時間前に座りし公園のベンチを濡らす雨が降りたり

サイクリングロードはぼくを誘いたるもっと遠くへ行きたいぼくを

恋人が欲しとにわかに願いたるわれは二十代後半となる

満員の電車のなかで群衆の一部となっている俺がいる

群衆の一部となっていることを拒否するように本を読みたり

街に出て空気を吸っているだけでおれはどうあるべきなのか知る

ベランダで沈む太陽観ていたら急に切なくなってしまった

太陽に照らされて缶珈琲の缶がきらきらかがやいている

プロ野球選手になれず少年期終わるがごとく太陽沈む

太陽が沈み少年期は終わる　されども月が夜空に浮かぶ

プロ野球選手になれず月の夜に歌人になりたいと思う窓辺に

伝書鳩

電柱を樹だと間違えとまりいし蟬にふふふと君が笑った

人間も樹木もビルも立っている地球はサボテンのようにトゲトゲ

目的地それぞれにありホームにて西武新宿線を待ちたり

ポケットに手を入れながら待っている師走の駅のホームにわれは

雨に濡れながらも走る電車ありぼくはあなたを守り抜きたい

脳裏には恋の記憶の部屋がありそこにあなたが暮らし始めた

電車に乗りながら夜空に伝書鳩放つがごとく送信したり

ラブソングばかり家にて聴いている恋をしているからかもしれぬ

ソプラノ

至福とは特に悩みのない日々のことかもしれず食後のココア

あのときのこと思い出し紙コップ潰してしまいたくなりぬ　ふと

キラキラと光るカードを集めいし少年の日の友を忘れず

ひとの数だけ歌がある不思議かな　たった三十一文字なのに

未来とは手に入れるもの　自転車と短歌とロックンロール愛して

屋上で珈琲を飲む　かろうじておれにも職がある現在は

ソプラノでありし少年の日の声はもう戻らないもののひとつだ

ミスチルのライブに行ってきたというあなたの話聞くのが好きだ

言葉と言葉

きみからのメールを待っているあいだ送信メール読み返したり

図書館に行けば数十年後でも残る言葉があるのだろうか

リュックサックにやたらと重い全集を入れて自転車漕いでいるなり

逃げるわけにもいかなくて平日の午後六時までここにいるのだ

ここにいるあいだはここで与えられたる仕事こなしてゆくのみである

これというものみつからず苦しみし十七歳は歌に出逢いき

遠くからみてもあなたとわかるのはあなたがあなたしかいないから

かっこいいところをきみにみせたくて雪道をゆく掲載誌手に

遠くにいるきみと握手をするように言葉と言葉交換したり

雲のベンチ

コスモスが咲いているのは母校なる小学校の脇の道なり

母校なる小学校があることは変わらずぼくは大人になった

いつまでも少女のままのきみがいて秋の記憶はこの胸にあり

あのときの居場所が今の居場所ではなくなっている冬の公園

ここでなくもっと太陽の照らす場所探して冬の公園を出る

冬空の下で切なくなったりもするよな　それを乗り越えてゆけ

あの雲にベンチのように腰掛けてきみとふたりで語り合いたい

こころの枝

今ぼくのこころの枝に留まりたる蜻蛉のような音楽がある

なんらかに日々影響を受けながらゆくよ　例えばボードレールに

まず一首そして次なる一首待つのみの日々なり魚釣るように

歌作とはこころの森に棲む鳥の声音に耳を澄ますことなり

傷ついてしまったこころ　どぼどぼと見えぬ血液垂れているなり

書を愛しポール・ヴァレリーというその響きを愛すひるやすみかな

弾丸のように想いをぶっ飛ばすとにかく前へとにかく空へ

目的地あるのかどうかわからない蜻蛉の旅は永遠なのか

非正規

ぼくも非正規きみも非正規秋がきて牛丼屋にて牛丼食べる

非正規という受け入れがたき現状を受け入れながら生きているのだ

どっかーんと爆発をしたそのあとじゃ遅いのだけど再稼働する

ぼくたちの腹部にナイフ刺さるごと同時多発テロ事件はあった

ぼくたちは他者を完全否定する権利などなく　ナイフで刺すな

コンビニの駐車場から旅に発つきみはかつての級友だった

自転車のペダル漕ぎつつ選択の連続である人生をゆけ

愛犬のココに告げたり撫でながら「きみも萩原家の家族だよ」

箱詰めの社会

箱詰めの社会の底で潰された蜜柑のごとき若者がいる

健闘を祈ると言って荻窪で別れた友はどうしているか

ぼくたちの世代の歌が居酒屋で流れているよ　そういう歳だ

今日も雑務で明日も雑務だろうけど朝になったら出かけてゆくよ

天丼を食べているのだ　愛しても愛しても愛届くことなく

サンタクロースあなたにぼくは逢いたくて逢えず大人になってしまった

一人ではないのだ　そんな気がしたら大丈夫だよ　弁当を食む

テロリズム

破壊するテロリズムとは幼稚なる行為そのものでしかないのだ

負の連鎖断ち切ることはできないかテロに空爆　空爆にテロ

東京大空襲走って生きた祖父がいてぼくのいのちがここにあるのだ

デモ隊の列途切れるな　途切れないことでやがては川になるのだ

癒えることなきその傷が癒えるまで癒えるその日を信じて生きよ

疲れていると手紙に書いてみたけれどぼくは死なずに生きる予定だ

非正規の友よ、負けるな　ぼくはただ書類の整理ばかりしている

シュレッダーのごみ捨てにゆく　シュレッダーのごみは誰かが捨てねばならず

タルタルソース

「研修中」だったあなたが「店員」になって真剣な眼差しがいい

海老フライならばタルタルソースにてとある日の午後食べたるぼくだ

まだ行ける　まだまだ行ける　自転車で遠くに旅はできないけれど

牛丼屋頑張っているきみがいてきみの頑張り時給以上だ

Ⅱ

靴ひも

靴ひもを結び直しているときに春の匂いが横を過ぎゆく

この耳が憶えている音　街頭に突然流れだして気付けり

木琴のように会話が弾むとき「楽しいなあ」と素直に思う

この火とは誰のための火か?さつまいも一緒に焼こうよ。この恋の火で

ぼんやりとしてしまう午後「素晴らしい!」きみを通して覗く世界は

きみの手に置きたいものがあるんだよ。このＣＤ聞いてごらんと

平凡を嘆きたる夜に

没頭に至れるまでの道筋を歩むがためにまずは座りぬ

平凡を嘆きたる夜に非凡なるひとの書を読む近付きたしと

曇天にメスを入れたし開きたし暗い未来を取り除かんと

階段をのぼりくだりて一日のあれこれあっと言う間に終わる

臆病になりたる日には僕の夢ついばみに来る鳥が棲む頭に

林檎、その木から落ちたる瞬間を見てしまいたり台風の日に

眼の前をバスがよぎりぬ死ぬことは案外そばにそして遠くに

蒼き旗

内部にて光り始めて（ここからだ）恋も短歌も人生だって

何か必死に探す事　恰好悪いことじゃないんだ。暁の方へ

今日という日を懸命に生きてゆく蟻であっても僕であっても

いいひとに出逢って次第に溶けてきた人間不信かの日抱きけり

思春期が次第に遠くなってきた　驟雨の中を駆け抜けてきた

十代の青年である。どちらへと行くか迷える紋白蝶は

携帯電話からだの一部と化していてポケットにあることを忘れる

完熟のトマトの中に水源のありて　すなわち青春時代

まだ蒼い僕の言葉が完熟のトマトみたいになればいいのに

青色のペンキで塗ってゆくこともなければ　雨に心はブルー

飲み込まれないように歌　いっぽんの旗のごとくに蒼き大地に

蒼き旗振り廻すかのように歌　僕の叫びを発信したり

君と踏み出す明日あれ

湯槽にてしばし忘れるいやなこと「あしたはきっといいことあるさ」

文学の湯にどっぷりと浸かりたき夜である　三日月の夜である

アイデアがひとつふたつと雲のごと浮かびて　それを歌にしている

創作の活力として君がいる　電車の窓の向こうの未来

深海にある折畳傘を取り出すために手を鞄の底へ

折畳傘取り出して「ほら翼広げてごらん」って花になる

机の上に零したる溜息ありてそれを勇気に交換したい

君と踏み出す明日あれ今はまだ恋に発展していないけど

未来模索

石を蹴っ飛ばして未来模索しているのだろうか。かの少年は

「ふざけんじゃねえ」「てめえこそなんだ」って喧嘩始まるバスの車内に

要するにみんな疲れているのだろう　せわしき朝のバスに揺られて

キーボード叩きたくなる。こんな夜は。胸に積乱雲を抱きつつ

叩け、叩け、吾がキーボード。放り出せ、悲しみ全部。放り出せ、歌。

紙片には詩の断片の書かれいて「どうだ？」と僕に問いてくる友

ライバルであれども意見交換をしあえる無二の親友である

「小説の時代だけれど俺たちでなんとかしようぜ。絶対にな」

歌という鳥

自転車で飛ばして離陸してみたきかな　モトクロス選手のように

怪我をするからやめろということを知らないようだ　プロの選手は

けして夢あきらめぬこと　少年に告げる選手がわれには告げず

空を飛ぶための翼になるはずさ　ぼくの愛する三十一文字が

歌という鳥を郵便ポストへと投函をして放ちたるかな

選歌され、撃ち落とされてしまいたる歌という鳥　それでも放つ

引き寄せてそして言葉を抱きしめる三十一文字を愛するわれは

われを待つひとが未来にいることを願ってともすひとりの部屋を

光る蛇

現実は重すぎるから空想の世界にひたる電車のなかで

かろうじてある現在よ　ぼんやりと夜空に浮かぶ月をながめる

夜を走る電車はまるで光りたる蛇のようだと思ったりする

春の夜のわれの視界に入りたる若きふたりは公園にいる

公園に若きふたりが寄り添っている　すぐそばに自転車置いて

春の夜のぬくき夜風に吹かれつつ自転車を漕ぐわれは独り身

口語の馬

ぼくたちはロボットじゃないからときに飽きたり眠くなったりするさ

ぼくたちはロボットじゃないからときに信じられない奇跡を起こす

達成はまだまだ先だ、これからだ　おれは口語の馬となるのだ

文語崩しの口語短歌を作るべく日々研究をしているぼくだ

まず文語そしてハンマー手に持って口語短歌に変えてゆくのさ

いきいきと躍動をするそのこころ伝えるための口語短歌だ

あこがれのひと

耐えがたき感情を抱くここにいるのはぼくだけどぼくなんだけど

「悲しみ」とただ一語にて表現のできぬ感情抱いているのだ

どちらかと言えば悲しみ　同じひと同じ感情存在しない

職場にてふんわり空に浮かびたき感情を抱くのは当然だ

コピー用紙補充しながらこのままで終わるわけにはいかぬ人生

ぼくのこころのなかの草原駆けている馬がいるなりきみがいるなり

ぼくは会社にぼくのこころは夢想する　どこか遠くの国にいること

ぼくは待つ勤務時間の終了をそしてあなたと逢える時間を

そのときはあなたと逢えるそのときはやってくるのか会合の日に
あこがれのままで終わってしまいたくないあこがれのひとがいるのだ

理解者

なにかしら理由があって流れ出すなみだを拭うためのハンカチ

暗き青春時代を生きて雨は止むことあらずして濡れているのだ

理解者はひとりかふたり　でも理解者がいたことはしあわせだった
生きているというより生き抜いている　こころに雨の記憶を抱いて
屈辱の雨に打たれてびしょ濡れになったシャツなら脱ぎ捨ててゆけ

傷心旅行

また挫折かと思いつつ茫然と空を観ているだけの今日です

いまはまだショックだけれどそのうちに……そうだ、たこ焼食べて帰ろう

電車にて傷心旅行　こんなはずではなかったと呟きながら

きみじゃないきみを探すよ　あの街にさよならをしてどこかの街で

日常のふとしたことを起点としぼくは考える葦となるのだ

自転車の空気

自転車の空気入れつつこれからの恋のことなど考えている

ことごとくうまくいかない恋愛よ　ふらふらになりながら歩くよ

カレー専門店にてカレー食べながら生きることって愛することだ

おもいきり空に向かって叫ぶのだ　短歌が好きだ　あなたが好きだ

眠るしか選択肢なき真夜中だ　朝になったら下っ端だけど

夜明けとはぼくにとっては残酷だ　朝になったら下っ端だから
頭を下げて頭を下げて牛丼を食べて頭を下げて暮れゆく

だだだだ、　だだだ

こんなところに可憐な花が咲いていてぼくはあなたのことを想った

好きだったことは間違いなかったよ　俺十五歳初恋をした

こんなにも愛されたいと思うとは　三十歳になってしまった

ただ好きと言えばいいわけじゃないのだ　大人の恋はむずかしいよね

日曜日　歩く　歩くよ　歩くのだ　たったひとりで街をゆくのだ

この列はなんの列かと思ったらシュークリームの列だったのだ

好きだ　好きだ　好きだ　好きだと伝えても届かない恋ばかりしてきた

どかーん、どかーん　花火が上がる　どかーん、どかーん　七回裏に花火が上がる

だだだだ　階段を駆けあがるのだ　だだだだ、だだだ　駆けあがるのだ

カレーうどん

ひるやすみカレーうどんを食べながら愛のない暮らしなどはうんざり
ひるやすみ寝ているきみよ　懸命に働いている証のごとく

ずたずたとなってしまったミキサーのなかの人参みたいなのです

噴火している山は遠方だけれども他人事だと思えないのだ

日記ではないのだ　日記ではないのだ　こころの叫びそのものなのだ

食べる

迷わずに「肉」と答えるぼくがいる「肉か？魚か？」などと聞かれて

焼かれておいしくなる肉がわが眼前に運ばれてくる　ステーキ屋にて

あらゆるものを燃やすほのおよ　オリンピック、パラリンピックのための聖火よ

ぼくたちはほのおを抱いて生きている　誰かのためのほのおであれよ

どちらかと言えば肉派のぼくだけどフィッシュアンドチップス愛す

イギリスに行くことあれば食べたいな　本場のフィッシュアンドチップス

テレビにて「伊勢海老まつり」特集をされていたから食べたくなった

海老フライまるごとばりり、ばりりって残さず食べてしまうのですよ

腹ぺこのおなか満足させてくれ　牛丼屋にて大盛頼む

食べるならおいしいものが食べたいな　昼は牛丼屋でいいけれど

III

こころの扉

桃食めばひとつの種が残りたり　考えていることがあるのだ

なにひとつ考えなしに居酒屋で焼鳥食べているわけじゃない

とりあえず眼の前にある自販機で缶のコーヒー買っているのだ

現実は奥行きがあり自販機で買ったコーヒー飲んでいるのだ

まだ知らぬぼくに会うためノックしてこころの扉開けてゆくのだ

きみはいまだにぼくのこころが所有するプールのなかを泳いでいるよ

こころのなかにある跳び箱を少年の日のように助走して越えてゆけ

歌詠む理由

ぼくたちのこころは揺れる　揺れるのだ　だから舵取り持続するのだ

ぼくが斬りたいのは悪だ　でも悪がどこにいるのかわからないのだ

テロ事件ときに起きるよ　平穏な暮らしを破壊してゆくのだよ

東京の群れのなかにて叫びたい　確かにぼくがここにいること

かっこよくなりたい　きみに愛されるようになりたい　だから歌詠む

模索の果て

生きているからこそうたうのだとおもう　地球という大きな舞台の上で

寒夜を走るランナーとすれ違いたるぼくは自転車漕いでいるのだ

難解の森のなかへと迷い込むごとき錯覚　マラルメを読む

読書とは対話することだと書きし『方法序説』デカルトを読む

ヴェルレーヌの詩句に救われたるこころ　部屋にひとりでいる真夜中に

自転車のペダル漕ぐ朝　模索の果てにちゃんと光が射せばいいのに

ポケットに手を入れながら待っている　フランス行きの空飛ぶバスを

遅刻せぬよう走るのだ　鬣をなびかせ走る馬のごとくに

単行本版解説　滑走路のかなたへ——萩原慎一郎歌集と向き合いながら

三枝　昂之

一

今年、二〇一七年の春、萩原慎一郎君が少々緊張しながら、でもうれしそうに、私に語りかけてきた。

歌集を出したいんです。タイトルは「滑走路」、希望の出版社も決めたんですが。

短歌と取り組むまっすぐな姿勢を頼もしく見つめてきたから私には危惧も異存もなく、「滑走路、イメージが広がって、いいタイトルだ」とその場で了承し、励ました。

入念に検討したのだろう。歌稿は修正の必要を感じさせないもので、そのまま入稿となった。記憶に残っている「りとむ」作品が収録されていないケースも少なくなかったが、彼の中の萩原ワールドをそのまま生かすことの方が大切、と判断したのである。

歌人になること、そして歌集を出すこと、それは萩原君の年来の夢だった。各種短歌大会へ意欲的に応募して受賞を重ね、「短歌研究」の評論賞へのトライも続けていたから、萩原君の存在は歌人たちに意識され始めていた。そして歌集の刊行は新人としての本格的なデビューを意味する。刊行されれば評判になり、萩原君の意欲はさらに高まっていただろう。その時の彼の笑顔が楽しみでもあった。

しかし、第一歌集となるはずの『滑走路』は、思いがけないことに、痛恨の遺歌集となった。入稿後の六月に不意の死が彼を襲ったのである。それ以上の説明も言葉も今は見つからない。

それでも萩原君の命の声は歌の中に息づいている。歌集を繙きながら改めてその声に耳を傾けたい。

二

現代の青春がいかに多くの困難を抱えているか。『滑走路』にはその困難が痛々しいまでに充満している。その一つは非正規という労働環境で生きる若者の現実である。

ぼくも非正規きみも非正規秋がきて牛丼屋にて牛丼食べる　「非正規」

職場の同僚と思われる二人が食べる牛丼は昼食だろうか。「非正規、非正規」と繰り返して確認するところには、メニューの共有だけでなく、何か支え合いを求める心が示されている。ささやかなその連帯感をいたわるような「秋がきて」から、ほんのり切ない詩の香りが広がる。

屋上で珈琲を飲む　かろうじておれにも職がある現在は　「ソプラノ」

ここにいるあいだはここで与えられたる仕事こなしてゆくのみである　「言葉と言葉」

「かろうじて」と「ここにいるあいだは」からは浮き草のような不安定な環境を余儀なくされている青春が見えてくる。いつ辞めさせられるか分からないから、とりあえずの仕事をこなし昨日を、そして今日を過ごす。そんな細切れの時間から、束の間一人になって屋上に出る。吐息まじりに飲むその珈琲が読む者の心に沁みる。

頭を下げて頭を下げて牛丼を食べて頭を下げて暮れゆく　「自転車の空気」

美味しいのか味気ないのか、この牛丼から味は伝わってこない。一日を辛うじてやりすごすための行為として、頭を下げる三度の行為の続きだからである。働く喜びとはおよそ遠いその姿には、許容量を超えてもなお留まらねばならない暮らしの切実が張り付いている。それなら辞めて別の仕事を探せばいいのではないかという反応はあるだろうが、そうしないのは、どこに行っても現実は五十歩百歩ということを知っているからである。牛丼はそうした逃れようのない現場そのものだから、味わう余地など持っていない。安価ですぐ目の前に置かれ、素早く食べられる。だから牛丼なのである。

働く人々にとって食事は、そしてその時間は、本来、労働から解放されるしばしの至福である。その一例を次の歌に見ておこう。

学生食堂A定食よ、学生にわれに夕焼け色のとんかつ　　佐佐木幸綱『アニマ』

授業の合間に、あるいは一日の授業を終えて学生と定食を食べているこの歌、とんかつの夕焼け色がいかにも美味しそうだ。そしてその美味しさは、忙しく働く日々の充実を反映してもいる。ここに「牛丼を食べて頭を下げて暮れゆく」を重ねると、味わう余裕もない労働の苛酷さが改めて胸に迫る。切ない牛丼である。

今日も雑務で明日も雑務だろうけど朝になったら出かけてゆくよ　「箱詰めの社会」

夜明けとはぼくにとっては残酷だ　朝になったら下っ端だから　「自転車の空気」

日本の労働環境はいつから時間的な余裕を失ったのだろうか。『女工哀史』など昔からだったとも言えるが、今日的な感触では二十一世紀に入って非正規雇用の苛酷さが顕著になり、過労死なども社会問題化した。能率を求めて仕事は細分し、学校現場ではパソコンの普及が事務的な仕事を飛躍的に増やした。知人の学校教諭たちが一様に教えるのは、時間的な余裕を失った学校の今日である。

労働環境の悪化は正規雇用と非正規雇用を問わない趨勢だが、日本の非正規雇用は二十一世紀には三〇パーセントを超え、三十四歳までの若者では二〇一四年でもおよそ三〇パーセントのままという数字がある。「今日も雑務」、そして「朝になったら下っ端だから」という悲鳴が、今の政府の「一億総活躍社会」というスローガンは口先だけのきれいごとと教えている。

働くことの苦しさを詠った短歌は少なくない。啄木の「はたらけど／はたらけど猶わが生活《くらし》楽にならざり／ぢつと手を見る」が思い出されるが、これは報酬の少なさの方に主題が傾いており、労働の苦行そのものではない。限界点であえぐ働きびとの姿はむしろ渡辺順三『貧乏の歌』の「起きては働き／疲れては眠り／人に知られず死んでゆくのか」などの方に見られる。

働きびとの苦悩という系譜のなかで、それでは萩原君の作品はどんな特徴を持っているのだろうか。なによりもまず、二十一世紀になって顕著になった非正規雇用という環境であえぐ青春像の典型という点を挙げるべきだろう。その苦悩を彼自身の肉声として短歌に定着させているのが「朝になったら下っ端だから」といった口語表現だという点にも注目しておきたい。口語がごく自然な環境となった俵万智以降の趨勢が『滑走路』を後押ししている。

萩原君がどんな非正規雇用のもとで働いていたか、どんな転職を繰り返したか、詳しいことはわからないが、次の歌は彼が正規雇用となったことを示唆している。

非正規の友よ、負けるな　ぼくはただ書類の整理ばかりしている

「テロリズム」

正規雇用になっても事態は劇的には改善しないよ、僕は書類整理ばかりだからね。歌はそう言っているが、主題は愚痴ではない。非正規にあえぐ若者へのエールである。正規非正規を超えた今日の若者の困難を浮き彫りにした点にこのエールの特徴があり、だから日本歌人クラブ主催の昨年の全日本短歌大会において、日本歌人クラブ賞を受賞した。

シュレッダーのごみ捨てにゆく　シュレッダーのごみは誰かが捨てねばならず

同じ「テロリズム」のこの歌にも、目線の低い者だけに可能な仕事への眼差しがあり、かすかな温もりを感じる。

三

解説としては少し多弁になりすぎたが、今日の青春を反映した特徴をもう一点だけ

簡単に紹介しておきたい。

おそらくはコンビニエンスストアにも前身ありて今の形に　「新緑」

あのときの居場所が今の居場所ではなくなっている冬の公園　「雲のベンチ」

街の一画が壊され、新しい建物になる。するとそこに昨日まであったはずの何かを私たちは忘れてしまう。一首目は若者が集まり、深夜にも明るく街角を灯すコンビニを見つめながら、見えないその前身に思いを広げている。そこから浮かび上がるのは、喪われた時間に立ち止まる心である。二首目はその心をより端的に示している。

それでは今の居場所はあるのだろうか。たぶんない。だから遠い日の居場所に佇む。「冬の公園」がその心に明るく切ない陰影を与えている。

図書館に行けば数十年後でも残る言葉があるのだろうか　「言葉と言葉」

ソプラノでありし少年の日の声はもう戻らないもののひとつだ　「ソプラノ」

消しゴムが丸くなるごと苦労してきっと優しくなってゆくのだ　「停留所」

十数年後も残る言葉。それを欲するのは、いまの自分が束の間の日々を重ねているからだろう。少年の声を失ったかわりに自分は何を得たのか。それがうまく見えないから失われた過去だけが心に残る。では「何か」はどうすれば引き寄せられるのか。わからないから手探りをして、消しゴムが丸くなるまで手探りを続ける。

遠景になっている恋二十代なのになあって夕陽に嘆く　「僕たちのソファー」
いつか手が触れると信じつつ　いつも眼が捉えたる光源のあり　「光源」
靴ひもを結び直しているときに春の匂いが横を過ぎゆく　「靴ひも」

思い出に遠のいた恋、そして祈りに近い恋心。三首目は結び直しながら感じる春の気配が青春ならではのやわらかさである。

こうした世界を含めて、『滑走路』は、徒手空拳の現代を生きる青春の一冊である。口語の伸びやかさに乗ってその歌声は確かに滑走路を飛び立った。その真摯な声がどのように人々の胸に着地するか、期して待ちたい。

二〇一七年八月九日

あとがき

ぼくが短歌を始めたのは、十七歳の秋のことだった。それ以前にも「詩」に関心を寄せていて、歌詞カードもどきみたいな詩を書いていた。それで、いろいろと応募していた。でも、成果は出なかった。そんなとき近所の書店に俵万智さんが来た。立松和平さんとの共著『新・おくのほそ道』のサイン会である。ミーハー感覚で参加したのだが、その俵万智さんの短歌を読んで、これなら自分でも書けると勘違いして始めたのが、短歌であった。

それから十五年、気がついたら、十七歳の高校生だったぼくも三十二歳の社会人となった。でも、思い通りの人生を歩んでこれたかというと、そうではない。むしろ不本意の十五年間でもあった。もちろん、短歌だけについて言えば、そんなことはないのだけれど、不本意な十五年間だったことは、間違いない。

そもそもぼくが短歌を始めた頃のことを思い返すと、これから大学受験に向かってゆく時期であった。今思えば、ぼくも他のクラスメイトと同様、大学受験勉強に打ち込むべきだったのかもしれない。でも、ぼくはそうするわけにはいかず、そんな大切な時期に短歌創作に打ち込んでいったわけである。

それは、怠惰ではなかった。むしろ、こころが悲鳴を上げていたからである。それだけ苦しい高校時代であった。

中学受験で成功して前途洋々たる未来が待っていることを合格発表の日には、確信していた。だが、中学に入学してぼくを待っていたのは、試練の日々だった。

野球が好きで（今でも大好きなのだが）野球部に入部した。そして、中学二年の秋には、退部した。というか、練習に参加しなくなり、自然消滅した。にもかかわらず、野球部に所属していた期間に負ったこころの傷は深いものであった。

そういったこともあり、短歌はぼくのこころの叫びを受け止めてくれる器であったことは、間違いない。十五年間ですさまじい数の短歌を詠んで、投稿してきた。短歌投稿欄に関心のある方なら、もしかしたらぼくの名前を知ってくれているかもしれない。それだけ短歌に熱くなってきたわけであるし、これからも短歌に対する情熱だけは持続していきたいと思っている次第である。

とりわけ現在所属している「りとむ」の三枝昂之先生、今野寿美先生をはじめとする仲間たちには感謝しなければならない。三枝先生はお会いするたびに、励ましの言葉をいただき指導してくださった。今野先生は「りとむ」に誘ってくださった恩人である。「りとむ」の仲間たちにも感謝したい。歌会に行くたびに歓迎してくれるからだ。岡井隆先生にも、感謝しなければならない。「りとむ」に入会する前から短歌大会や雑誌の投稿欄や新聞歌壇でぼくの短歌を選んでくださった。

そして、朝日歌壇の選者の先生方にも感謝しなくてはならないだろう。それまで何一つ自分に自信を持つことが出来なかった自分自身だったけれど、年間賞にあたる朝日歌壇賞をいただけたことで、すこしだけ自信を持てるようになったからだ。

そして、朝日新聞社の磯村健太郎さんにも感謝しなければならないだろう。磯村さんは朝日新聞夕刊の文芸欄の「あるきだす言葉たち」欄にぼくを推薦してくれた人である。

そのことをよろこんでくれた高校時代の恩師である朝倉恭子先生にも感謝したいと思うし、なによりぼくのことをぼくの可能性を信じてくれた父さんや母さん、おとうと、おじいちゃん、おばあちゃんにも感謝しなければならないだろう。

二〇一七年五月

萩原慎一郎

きっとどこかで

一九八四年九月、慎一郎は母親の実家のそばの荻窪の病院で生まれました。髪の毛が黒くふさふさとした、色の白い男の子でした。父親の仕事の都合で、生後六か月まで京都府長岡京市で過ごし、それから四歳直前まで、東京の南荻窪の社宅で暮らすことになりました。子供がたくさんいて、社宅の庭で暗くなるまで泥だらけになって遊んでいたのを覚えています。

そして、次の転勤先は、イギリス領の香港でした。高層のマンションのグラウンドフロアーで、亜熱帯の熱気と湿気で髪をビショビショにして、他の日本人の子供たちと走り回っていました。日本人学校二年生の時、親が家を購入して、東京都小平市に戻ってくることになりました。東京とはいえ、緑の残る空き地でバッタを捕ったり、野火止用水で遊んだりしていました。

ところが、中学受験をして私立の中高一貫校に入り、数人からいじめを受けてしまったのです。その苦しい時期に出会ったのが、短歌だったようです。我慢して高校二年の最後に親に話しました。大人が気付いてあげられなかったことは、本当に可哀そうでした。学校も調査と指導をしましたが、卒業を迎えることになってしまいました。それから、彼の精神的な不調が出てきて、自宅療養と通院で、時間をかけて大学を卒業しました。そして、本人も頑張って、なんとか少しずつアルバイト、契約社員として働けるようになってきたところでした。

最近は、つらい体験により失われたごく普通の学生生活や、自分の希望に沿った就職へのチャレンジが不可能になった事等を通して、社会を見つめていたように思います。

十七歳から、慎一郎の生きる希望になっていたのが、短歌を作り、詩歌の作品や哲学書を読むことでした。そして、今野寿美先生に誘っていただき「りとむ」短歌会に入会して、本格的に短歌に取り組むようになりました。また、様々な賞に応募して、表彰式には親も連れて行ってくれました。私たちにとっても大きな喜びでした。

慎一郎は、私たちに短歌などの創作の計画や賞への挑戦を楽しそうに話してくれました。なんとか、日常の悩みを吹き払い、前向きに進もうとしていました。

今年に入り、慎一郎は歌集を出すという決断をして、三枝昂之先生のご了承と励ましを頂きました。自分で選歌をして原稿を作り、表紙も決めて、あとがきも書き、角川『短歌』編集部にお渡ししていました。

今回、急逝という事で、親としても、慎一郎の生きた証として歌集を出したいと思いました。三枝昂之先生と今野寿美先生や「りとむ」短歌会、角川『短歌』の石川一郎編集長と住谷はる様には、実現に向けてご指導ご協力を頂き、感謝の気持ちで一杯です。

慎一郎は、週末になると、リュックを背負って、新宿や池袋の大型書店や、神保町や荻窪の古書店に出かけて行きました。また、吉祥寺、国分寺、国立、立川の書店やお気に入りの店を歩き回ることもありました。「外へ出ると短歌がたくさん出来るんだよ」と言っていましたが、悩み考え希望に向かおうと努力していたのかもしれません。

今でも、あの街角を歩いていて、人懐こい笑顔で、「ただいま」と帰ってくるような気がしてなりません。優しい穏やかな息子でした。

この歌集の完成を楽しみにしていて、様々な方に届けたいと言っていました。今、きっとどこかで見ていてくれるような気がしています。

二〇一七年八月

萩原慎一郎両親

解説　優しさに充ちた非凡な感性

又吉直樹

『滑走路』をひらくと、二百九十五首の短歌が、鼓動を打つように、あるいは呼吸するように、ときに叫んでいるかのように、生々しく迫ってくる。

繰り返し読んでも新鮮さを失わず、体温をともなった感情や情景がありありと浮かぶ。

短歌とはこういうものであるという理解ではなく、口語短歌だからという認識でもない。萩原慎一郎さんの短歌が特別にそうなのだ。

萩原さんの短歌には不思議な魅力がある。実際に人間ののどを通って発せられた声のように現実味があり、人に寄り添い思いやる優しさがある。息苦しさや痛みを感じる歌もあるが、そこから立ち上がろうとする強い意志が詠まれた歌には励まされる。

活字になった言葉がこんなにも生き生きと肉声のように響くのは、誰よりも純粋な心で短歌を信じていたからだろう。

萩原さんの視点にも特別なものがある。

いろいろと書いてあるのだ　看護師のあなたの腕はメモ帳なのだ　「メモ帳」

歌集の冒頭に置かれたこの一首。看護師の腕にメモがあるという風景が映像としてすぐに思い浮かぶ。「メモ帳なのだ」と言い切るところにユーモアがあり、腕にメモをしないと追いつかないほど忙しく働く看護師を見守る視点に優しさを感じる。

注目したいのは「いろいろと書いてあるのだ」という言葉。日常から短歌を詠む、言葉を書くという行為に自覚的である萩原さんだからこそ、発見できた風景。その後に空白があるので、ここまでは言葉をつむぐ萩原さんの日常の紹介のようにも取れる。そこから続く言葉で看護師の腕にメモがある風景が立ち上がり、短歌になる。

短歌の全容がわかると、「いろいろと書いてあるのだ」という声が頭の中で再生される。腕にメモをする看護師の風景と机に向かって短歌を作る萩原さんの姿が重なるように思い浮かぶ。どのような意図を持って歌人がその一首を詠んだのかということはわからないが、冒頭の重要な一首が「いろいろと書いてあるのだ」からはじまることで、歌集全体に萩原さんの声が響いているようにも感じられる。萩原さんはいつでもいろいろと書いていた。あるいは書くために準備をしていた。書かずにはいられない人だったということは容易に想像できる。

抑圧されたままでいるなよ　ぼくたちは三十一文字で鳥になるのだ

「プラトンの書」

「抑圧されたままでいるなよ」という言葉に息をのむ。短歌によって自由を得ると宣言した力強い一首。「ぼくたちは」という言葉が頼もしくて優しい。

そんな力強い短歌の隣には次の一首がある。

路上音楽家の叫び虚しく誰ひとり立ち止まることなく過ぎるのみ

「プラトンの書」

誰にも届かない路上音楽家の叫び。一首を独立したものとして堪能することもできるけれど、歌集では歌と歌が影響を与え合うことも面白い。一首の余韻が残ったまま、次の一首に入ることで、その歌がまた違った光を放つ。路上音楽家の叫びを客観視すると虚しく見えるかもしれないが、その直前の一首にある「ぼくたち」という言葉がこの路上音楽家を孤独にさせない。誰一人立ち止まることはなかったかもしれないが、萩原さんはこの風景を見ている。この路上音楽家の叫びは歌人の肉体に残り続けている。

そして、路上音楽家の叫びに「ぼくたちは三十一文字で鳥になるのだ」という歌人の叫びが重なり、歌集をひらいた私にも路上音楽家の叫びは届いた。

　無意識のままに歩いて気がつけばいつものように会社の前に　「プラトンの書」

会社に勤めていた萩原さんが、出勤を詠んだ一首には疲労がにじんでいる。青春時代から続く受け入れ難い現実の延長に社会人としての自分があるとするなら、それは当然の感覚だろう。その受け入れ難い現実や抑圧から萩原さんは短歌によって解放される。

帰宅してからどの詩集読もうかと思いつつ漕ぐ自転車のペダル

「プラトンの書」

帰宅を詠んだ一首には、ここから自分の時間が始まるという実感が静かに溢れている。当然、自宅に向かっているのだが、自転車のペダルを漕ぐたびに少しずつ詩の世界に入っていくようにも見える。その先には創作の時間がある。

非正規として働く社会人としての自分と、詩歌や文芸に触れ作歌に没頭する歌人としての自分がいる。

大袈裟にいうつもりはないが、人類が何千年も抱えてきた問題を感度の高い萩原さんは当事者として背負っていた。あらゆる形の暴力や社会の制度のことである。それらを先送りにすることは、そのまま自分を苦しめることになる。そのため、この世界は完全ではないと認識したうえで、ここではない別の状態を求めることは必然でもある。

その別の状態がプラトンにとってはイデアだった。日常の中で知覚できる世界ではなく、心の眼を持って、発見しようと追い求めた境地。

プラトンのイデアと萩原さんが目指した場所が必ず同じである必要はない。萩原さんは短歌によって滑走路を作り、ここではないどこかに飛び立とうとした。
と書きながら、短歌を詠むたびに滑走路から飛び立っていたのだとも思う。一日の労働で疲れた肉体のまま、自室で一人飛行し、なにかを摑み、さらにその先のなにかを摑もうとし続けた。

プラトンは偉大で　ぼくは平凡だ　プラトンの書を読みつつ思う

「プラトンの書」

プラトンは偉大だが、プラトンが著した『ソクラテスの弁明』に、「人間達よ、汝らのうち最大の賢者は、例えばソクラテスの如く、自分の智慧は、実際何の価値もないものと悟った者である」という言葉がある。自分が無知であると知ることは、自分は智慧があるという認識に勝るということだ。萩原さんの謙虚さはそこにも通じる。

「研修中」だったあなたが「店員」になって真剣な眼差しがいい

「タルタルソース」

萩原さんは純粋な心で人を見つめている。飲食店に研修中の人がいて、後日、普通に店員として働いているという風景は多くの人の記憶にもあるだろう。研修中の不慣れだった様子と、その後の慣れた様子との間に生じる違和をどのような言葉で表現するかによって個性がでるが、萩原さんは「真剣な眼差しがいい」と完全な肯定で受け止める。この無垢な感性に圧倒される。

牛丼屋頑張っているきみがいてきみの頑張り時給以上だ　「タルタルソース」

さらに、牛丼屋で働く店員に対する「きみの頑張り時給以上だ」でとどめを刺される。私はこの二首を音読すると泣きそうになる。白状すると自分はこのように世界を見たことがない。私が見ている風景はもっと濁っていて、嫌らしい。この短歌を通し、萩原さんの目を借りて見るこの光景が美し過ぎて胸が痛い。この人の網膜を通して美しい世界をもっと見たい。自戒として書くが、意地悪であることなんて簡単なのだ。平凡を笑うことこそ平凡なのだ。繰り返すが、萩原さんの優しさに充ちた感性こそが非凡なのだ。

ぼくたちの腹部にナイフ刺さるごと同時多発テロ事件はあった　「非正規」

世界で起こる痛みに寄り添うどころか、同期している。他者の痛みに敏感でいたいと願う人は多いだろうけれど、ここまで自分のこととして背負えるだろうか。萩原さんは、つくづく表現者としての資質に恵まれた人なのだと思う。

『滑走路』に収められた好きな短歌を挙げていくと切りがない。一首だけで一晩は飲める。

暗き青春時代を生きて雨は止むことあらずして濡れているのだ　「理解者」

屈辱の雨に打たれてびしょ濡れになったシャツなら脱ぎ捨ててゆけ　「理解者」

青春時代の痛みは現在進行形で抱えながら、それを払おうともしていて、その狭間で苦悩していることが痛いほど伝わる。

短歌に向かう心情を詠んだものにも触れておきたい。

うしろ手に携帯電話抜くときにガンマンになった気がする僕は

「僕たちのソファー」

その所作がガンマンに似ているという発見だけでも面白いが、その携帯電話に短歌の種となるメモを残すこともあっただろうと想像すると、それを逃さないように急いで動く様子が想像できるし、そこに書いた言葉で打つという気概も伝わる。

だだだだだ　階段を駆けあがるのだ　だだだだ、だだだ　駆けあがるのだ

「だだだだ、だだだ」

階段を駆けあがる音を五音と七音で刻む発想が面白い。短歌で駆けあがるという真っ直ぐな気持ちが詠まれている。

われを待つひとが未来にいることを願ってともすひとりの部屋を

「歌という鳥」

たとえば、その「われを待つひと」は私でもある。萩原さんが短歌で作った滑走路は彼だけのものではない。萩原さんが「ぼくたち」と言ってくれる限り、それは万人に開かれている。萩原さんは苦しい夜を何度も何度もくぐり抜けた。この歌集はその格闘のしるしでもある。私はどうしようもない夜にこの歌集をひらくだろう。その夜を乗り越える方法を萩原さんの短歌が教えてくれる。

本書は、二〇一七年十二月に小社より刊行（発行／角川文化振興財団）された単行本を文庫化したものです。

歌《か》集《しゆう》 滑《かつ》走《そう》路《ろ》

萩《はぎ》原《はら》慎《しん》一《いち》郎《ろう》

令和2年 9月25日 初版発行
令和6年 1月25日 9版発行

発行者●山下直久

発行●株式会社KADOKAWA
〒102-8177 東京都千代田区富士見2-13-3
電話 0570-002-301(ナビダイヤル)

角川文庫 22330

印刷所●株式会社KADOKAWA
製本所●株式会社KADOKAWA

表紙画●和田三造

●お問い合わせ
https://www.kadokawa.co.jp/（「お問い合わせ」へお進みください）
※内容によっては、お答えできない場合があります。
※サポートは日本国内のみとさせていただきます。
※Japanese text only

ISBN 978-4-04-109612-3 C0192

◆◇◇

角川文庫発刊に際して

角川源義

第二次世界大戦の敗北は、軍事力の敗北であった以上に、私たちの若い文化力の敗退であった。私たちの文化が戦争に対して如何に無力であり、単なるあだ花に過ぎなかったかを、私たちは身を以て体験し痛感した。西洋近代文化の摂取にとって、明治以後八十年の歳月は決して短かすぎたとは言えない。にもかかわらず、近代文化の伝統を確立し、自由な批判と柔軟な良識に富む文化層として自らを形成することに私たちは失敗して来た。そしてこれは、各層への文化の普及滲透を任務とする出版人の責任でもあった。

一九四五年以来、私たちは再び振出しに戻り、第一歩から踏み出すことを余儀なくされた。これは大きな不幸ではあるが、反面、これまでの混沌・未熟・歪曲の中にあった我が国の文化に秩序と確たる基礎を齎らすためには絶好の機会でもある。角川書店は、このような祖国の文化的危機にあたり、微力をも顧みず再建の礎石たるべき抱負と決意とをもって出発したが、ここに創立以来の念願を果すべく角川文庫を発刊する。これまで刊行されたあらゆる全集叢書文庫類の長所と短所とを検討し、古今東西の不朽の典籍を、良心的編集のもとに、廉価に、そして書架にふさわしい美本として、多くのひとびとに提供しようとする。しかし私たちは徒らに百科全書的な知識のジレッタントを作ることを目的とせず、あくまで祖国の文化に秩序と再建への道を示し、この文庫を角川書店の栄ある事業として、今後永久に継続発展せしめ、学芸と教養との殿堂として大成せんことを期したい。多くの読書子の愛情ある忠言と支持とによって、この希望と抱負とを完遂せしめられんことを願う。

一九四九年五月三日

角川ソフィア文庫ベストセラー

昭和短歌の精神史

三枝昂之

斎藤茂吉、窪田空穂、釈迢空、佐々木信綱――。戦中・戦後の占領期を生き抜いた歌人たちの暮らしや想いを、当時の新聞や雑誌、歌集に戻り再現。その内面と時代の空気や閉塞感を浮き彫りにする革新的短歌史。

短歌はじめました。
百万人の短歌入門

穂村弘
東直子
沢田康彦

有名無名年齢性別既婚未婚等一切不問の短歌の会「猫又」。主宰・沢田の元に集まった、主婦、女優、プロレスラーたちの自由奔放な短歌に、気鋭の歌人・穂村と東が愛ある「評」で応える！ 初心者必読の入門書。

ひとりの夜を短歌とあそぼう

穂村弘
東直子
沢田康彦

私かて声かけられた事あるねんで（気色の悪い人やったけど）↑これ、短歌？ 短歌です。女優、漫画家、高校生――。異業種の言葉の天才たちが思いっきり遊んだ作品を、人気歌人が愛をもって厳しくコメント！

短歌があるじゃないか。
一億人の短歌入門

穂村弘
東直子
沢田康彦

漫画家、作家、デザイナー、主婦……主宰・沢田のもとに集まった傑作怪作駄作の短歌群を、人気歌人の穂村と東が愛ある言葉でバッサリ斬る！ 読んだその日から短歌が詠みたくなる、笑って泣ける短歌塾！

短歌の作り方、教えてください

俵万智
一青窈

俵万智のマンツーマン短歌教室に、一青窈が入門！ 臨場感あふれるふたりの実作レッスンのやりとりを辿る、画期的な短歌入門書。添削指導のほか、穂村弘や斉藤斎藤を迎えた特別レッスンのようすも収録。